Vendo sonhar em Palomas

Juremir Machado da Silva

Vendo sonhar em Palomas

POÉTICAS

Editora Sulina

Capa: Like Conteúdo

Projeto gráfico e editoração: Niura Fernanda

Revisão: Simone Ceré

Editor: Luis Antonio Paim Gomes

Dados Internacionais de Catalogação na Publicação (CIP)
Bibliotecária Responsável: Denise Mari de Andrade Souza – CRB 10/960

S586v Silva, Juremir Machado da
Vendo sonhar em Palomas / Juremir Machado da Silva. – Porto Alegre: Sulina, 2024.
104p.; 13x19 cm.

ISBN: 978-65-5759-171-0

1. Literatura Brasileira - Poesia. 2. Poesia Brasileira. I. Título.

CDU: 821.134.3(81)-1
CDD:B869.1

Rua Leopoldo Bier, 644, 4° andar – Santana
Cep: 90620-100 – Porto Alegre/RS
Fone: (0xx51) 3110.9801
www.editorasulina.com.br
e-mail: sulina@editorasulina.com.br

Outubro/2024
IMPRESSO NO BRASIL/PRINTED IN BRAZIL

1
Intemporal

Vivo neste tempo de intensidade sem drama,
Uma série até agora em sessenta capítulos,
O desespero é só uma canção de Belchior,
Música suavemente dolorosa ao entardecer,
O resto é sol, rio, nostalgia e Netflix.

Vivo nesta luta diária com o infinito,
Entre colinas, nuvens sujas e jatos,
Tendo a cada noite sonhos intranquilos,
Enquanto meninos brincam com esquilos.
Nesse *game* sobreviver é como matar.

Que mundo é este que tanto me fascina,
Com suas esquinas, guerras, chacinas?
Que mundo é este que passa no meu canal?
Quem é essa borboleta azul de Aladim?

Quem sou eu durante mais um temporal?
O filho aflito das mudanças climáticas,
O criador de algumas poesias asmáticas?

Um personagem em busca do seu roteiro,
Grão que se perdeu na imensidão do celeiro.

A chuva mansa antes do temporal.

2

Esquinas do tempo

Trazia o silêncio nos bolsos da calça,
Vez ou outra, com a voz sépia, dizia:
Escreverei hoje a última carta de amor.
Era o tempo que morria com a sua letra.

Trazia o olhar amarelo de algumas tardes,
Aquelas que passara colecionando figuras,
Uma delas tatuada no cume do braço direito:
Um pássaro na solidão colorida da carne.

Havia caminhado longamente pelo mundo,
Na memória jazia o mergulho mais fundo,
A luz cálida de um outono sem data.

Então sorriu para a estrada gelada,
Havia percorrido todo o caminho,
Acumulava passos em contas de vidro.

Caminhante na lonjura do seu pátio,
Peregrino na imensidão do deserto.

3

Na bagagem

Trago a solidão estampada nos olhos,
Nos dedos enrugados o sal dos invernos,
No rosto duro a velhice dos sonhos,
No coração a ternura que ninguém vê.

Na voz rouca a vibração dos entusiasmos,
Velhas canções e hinos que já não tocam,
Fotografias gravadas na memória do olhar,
Uma tarde esquecida em alguma gaveta.

Essa maneira de existir nada cobra,
Nem sequer tem o rigor de uma obra,
Não passa da vida em sua desarrumação.

Quem me vê assim tão desassombrado,
Com a limpidez dos arroios na fronte,
Não imagina que rios deságuam em mim.

Foz e nascente num só tempo seco,
Fio d'água antecipando a torrente.

4

Sobre homens e cores

Então se perguntou em silêncio:
O que é a vida? O que ela vale?
Respostas ecoaram no verde do vale.
Eram mil, eram cem, duas, era uma.

Sorria enquanto mexia os lábios,
O sol dourava seus alfarrábios,
A paz era uma mata de eucaliptos,
Pássaro algum piava nesse deserto.

Não amava palavras difíceis,
Não cantava amores perdidos,
Não semeava em campos tristes,
Era o homem no meio da multidão.

E isso dizia tudo sobre sua lida,
Pintava paredes com cores vivas,
Amarelo, azul, verde, vermelho.

Cada cor era sempre o espelho,
Mas sim era também o reflexo,
O traço do seu destino convexo,

O ser firme em direção ao nada.
As cores é que o salvavam da solidão,
Quadro pontilhado na parede branca.

5
Pegadas

Caminho sobre os meus passos
Alguns dias até me ultrapasso,
Miro o horizonte e as garças,
Rio vermelho de sangue e suor.

O que faço tem essa estranheza,
Caminhadas ao longo do espaço,
Somente as estrelas e as traças
Sabem em que páginas estive.

Trago o peito crivado de falas,
Sons que se propagam nas praias,
Rastros, malas, ruflar de saias.

Se não grito é por ter calado,
Escalado o mais fundo do corpo,
Lugar onde a alma tem seu leito.

A oeste, onde fica o porto.

6
Libertação

Um dia, rasguei minha pele e saí.
Saí de mim e do meu vetusto armário,
Assumi em público a minha solidão.

Desde então sou quem devo ser,
Aquele que não teme desaparecer,
Fantasma silencioso e inofensivo,
Menino e velho soltando pipa.

Essa libertação ainda pesa em mim,
Mas já não mais como um fardo,
Há noites longas até em que ardo.

Nesses anos todos de evasão, tardo,
Tardo em compreender o que conta,
Certamente não é meu saldo bancário.

Desde que me assumi inteiramente,
Nada mais devo a qualquer pessoa,
Agora sou todo mundo e ninguém.

Pessoa, persona, eu, *personne*.
Por vezes, normalmente, insone,

Quando o céu se apaga cedo demais.

7

Saudade

Que palavrinha mais tenebrosa,
Com essa sua doçura assombrosa,
A saudade tem açúcar no termo,
Geme, dói, faz-se de guloseima,
Enquanto de verdade só queima.

Saudade bole por dentro e morre,
Saudade arranha por fora e corre,
Saudade é como batida no joelho,
Dá vontade de rir e de chorar,
Ao final só restam as lágrimas.

Há quem se gabe da palavra *saudade*,
Ela seria só nossa, preciosidade,
Portuguesinha brejeira e cruel,
Em outras línguas é tão infiel,
Não diz seu nome enquanto mói.

"A saudade mata a gente, morena",
Cantava solene o dono da voz,
Eu ouvia quando chegava na foz,
As águas passadas moviam moinhos,
Éramos nós, os rios tão sozinhos.

Dizia um sábio ao cair da noite:
A saudade é o tempero do açoite,
Agridoce, belicosa, quase nua,
Dor solitária no meio da rua.

Essa saudade me rasga o corpo.
Saudade do que eu poderia ser,
Poderia ser, porém, nunca fui,
Por medo absoluto de ter sido.

8

IMAGENS

O espelho de uma vida nos bolsos,
O vazio de uma investida nos olhos,
A alegria de existir nos pés tão leves,
Na cintura os jeitos que se dá por aí,
A catedral das mãos como sua postura.

No coração os amigos perdidos no caminho,
Por falta da palavra certa e do carinho,
Pela pressa de perder e seguir em frente,
Essa vontade desesperada de sacrifício,
Na boca o gosto das frutas e dos dias.

Por que não fui capaz de parar o tempo?
De dizer na hora certa a palavra boa?
De soltar as amarras antes do oceano?
Por que não segui as curvas do vento?

Havia sementes no campo daquela vez,
Formigas formavam fileiras no pasto,
Aves migravam às pressas comigo.
Tínhamos o território no peito.

Só nos faltava o mapa e o sentido.

9
Transfiguração

No dia em que me tornei outro,
Havia cheiro de feno seco no ar,
Subúrbios cresciam até os campos,
Nuvens se aglomeravam num canto,
A margem do rio era pura ferrugem.

O outro que me tornei desconhecia,
Largas veredas amarelas e pêssego,
Riachos feitos de pedra líquida,
Olhos longos de bois sonolentos,
Tanta paz naqueles dias quentes.

No dia em que me tornei inútil,
Havia ainda livros sobre a mesa,
Chegamos ao fim como quem canta,
Uma só nota depois do orvalho,
A chuva sussurrando na calha,
A vida como ela sempre seria.

Diante de mim a lonjura do tempo,
Casas, campos, céus, um fio de voz,
Paisagens pintadas em aquarelas,
O zumbido da cigarra no fundo,

Só restava viver para sempre.

10
VIVER

Eu estive lá onde não podia
Estive ali onde ninguém via
Carregava sonhos nas mãos.

Estive onde não imaginava.
Ali onde a vida jorrava,
Enquanto o sol se recolhia.

Estive talvez noutra esfera,
Aos olhos tristes da fera,
Num bosque de tantas ilusões.

Era ali que amadureciam os grãos,
Uns eram dourados como o pão,
Outros se esfarinhavam no azul.

Guardei a memória do vento,
Um gosto desse sal do sol,
Esse vento amargo do Sul,
O riso que não soneguei.

Então, um dia, quando voltei,
Ouvi a voz do tempo me dizer:
Foi isso, só isso, você viveu.

11

Inventário

Primeiro me tiraram a voz,
Depois me cortaram os dedos,
Mergulhei no silêncio em vida,
Eu só tinha a passagem de ida,
Nunca mais voltaria a cantar.

Primeiro me condenaram sem rito,
Depois me sacrificaram ao frio,
Viveria para exprimir a solidão,
Olhos abertos ao abismo do sol,
Nunca mais eu poderia contar.

Me abateram na plenitude do voo,
Quando planava na fineza do céu,
Dali contemplava o curso dos rios,
Cruzava com pássaros, nuvens, navios,
Desconhecia o tempo e sua armadilha,
Da eternidade sabia que era uma ilha.

Primeiro me obrigaram a usar óculos,
Abriram para sempre os meus olhos,
Me puniram com a visão do paraíso,
Ainda que fosse tingido de inferno,
O que eu amava fazer como eterno.

Então me mandaram viver sem apelo,
Dia após dia, ano depois de ano,
Um olhar após o outro, cristalino,
A saudade fulgindo como um hino,
Cada palavra morrendo comigo.

E assim se passaram os anos,

Lentos e severos como formigas,
Contados no frio do calendário,
Amarelados como certas espigas,
Tristes como peixes de aquário.

Chuvosos às vezes, secos também,
Em fila na disciplina do leito,

Arroios sem qualquer defeito,
Emoldurados pelas margens altas,
Presos pela força das suas faltas.

Assim me precipitei na correnteza...

12

Passagem do tempo

No dia em que me tornei velho,
Acordei cedo para viver mais,
Sabia que o tempo era ladrão,
Tinha uma hora em cada mão.

Contei nuvens, depois estrelas,
Acendi velas, lanternas, olhos,
Colhi flores, avencas, milho,
Andei no pasto, veredas, matas.

Tinha tanta pressa de não morrer,
Queria rever a força das cores,
Amava no amarelo a solidão,
No vermelho, o sangue da vida.

Quando enfim me sentei para ler,
À sombra cheirosa da parreira,
Já tinha o rosto todo enrugado,
A barba branca tremia ao vento.

Por que sentia como um menino?
Por que me lembrava do futuro?
Por que tinha medo do escuro?
Por que me via assim tão solene?

Não é todo dia que se envelhece,
Não assim de um golpe inesperado,
Sem tragédia, sentimento, dores,
Nada mais que uma virada de página.

Estava ali, aqui, já não estou mais.

13

Palomas, Paris, Palomas

Em Palomas está chovendo agora,
Estou em Paris nesta mesma hora,
Onde morrerei numa quinta-feira,
Av. du Maine ao pé da cerejeira.

Vejo da janela o tempo em viagem,
Houve aquela época bem distante,
Quando eu pintava por um instante
A memória da nossa ocre paisagem.

Do velho Vallejo lia versos puros
Insistia que há golpes tão duros
Gostava bem menos da vida então
Fazia da arte um ritual pagão.

Está chovendo agora em Palomas,
Havia Paris e as nossas bromas,
Numa quinta-feira eu morreria.
Enquanto a tarde esmorecia.

Em Paris havia um campo triste,
Vasto cemitério de Montparnasse
Em Palomas, os dedos em riste,
Ah, se a chuva crua amainasse.

Palomas cheirava a pessegueiro,
Paris se escondia no aguaceiro,
Eu inventava mundos como veios,
A melancolia em poemas alheios.

Não sabia que Palomas e Paris,
A chuvarada, a tarde e o gris,
Eram a minha alma pedindo bis.

À sombra do ouro barroco.

14

Alegrias de outono

Naquela época eu pintava o céu,
Acordava com luz entre as mãos,
A vida era uma alegria obscena,
Pontilhada de cerros vermelhos.

Naquele tempo eu ainda morria,
Tão lentamente como na juventude,
Aberto a amores que só eu sabia,
Generoso em promessas ao alvorecer.

Naqueles dias, gostava do que via,
Campos, florestas, borboletas vadias,
Às vezes, prendia um raio de sol.
Sabia como fazê-lo cair na armadilha.

Mentia-lhe que vivia numa ilha,
Prometia-lhe o amor de uma filha,
Não pedia mais do que a encantação.
Desconhecia metas, objetivos, setas.

Caminhava de cabeça erguida, altivo,
Movido por esse orgulho das manhãs,
Carregava no corpo a força da vida,
Não temia a solidão das janelas.

Naqueles anos, fui dono do mundo.

15

Desvelamentos

Quando, naquele dia, eu amanheci
Havia estranheza na cesta dos anos,
A suavidade do sol era uma violência,
O sibilar dos ventos, uma incidência
O horizonte escondia tantos poentes,
Todos nós ali éramos andarilhos...

Com um caco de vidro azul, eu vi...
O eclipse do sol e da lua,
A nostalgia da nossa rua,
A longa curva dos trilhos,
Os filmes que não passavam,
A lentidão do tempo de passagem,
As nuvens numa antiga viagem,
Um filhote de urso na sesta,
Gaivotas fazendo uma festa,
Uma estrela brilhando atrasada,
A barra laranja no canto do céu,
A noiva contemplando o seu véu,
A suavidade dos dias junto ao rio,
A vida de um ancião por um fio,
Águas escorrendo pela calha,
O copo esperando na talha.

Foi assim que eu senti:

A alegria de ainda existir,
Saudades do que nunca seria,
A doçura do figo maduro,
O gosto de amora na boca,
A tristeza pela tua demora,
A pressa em apenas permanecer,
O sonho de amor na rede macia,
A brisa quando entardecia,
Música ao longe, tão perto,
Delírios e vozes do deserto,
Lobo azul farejando a presa,
A vida moendo a certeza,
Carruagens de fogo ao léu,
Mundo, povo, mar, fogaréu,
O longo funil do redemoinho,
Filhotes piando no ninho.

Quando, enfim, adormeci,
Subia a sensação de cansaço,
Tanto tempo havia passado,
Dos belos dias no teu regaço,
A esse cotidiano sem elevação,
O tempo era só esse espaço,
A distância entre o sol e a lua.

16

Navalha do tempo

Agora é hora de avançar para a solidão,
Agitando as mãos e dando de ombros,
Embarcados em lembranças que tombam,
Corpo a corpo com a nebulosa do tempo,
Essa brancura da memória feito neve.

Por vezes, cavalgamos feito jovens,
Quando não apenas olhamos a chuva,
A água que cai sobre o campo em frente,
Faz pensar nos dias lentos de semeadura,
Quando os cabelos esvoaçavam ao sol
E tudo se confundia, suor do gozo e labor.

Avançamos agora sem medo nem tristeza,
Somos os sobreviventes de nossa beleza,
Aqueles que foram o que a vida dispôs.

Nas viagens, falamos de nossos mortos,
Esses ausentes que viveram intensamente,
Viveram tanto que estão sempre presentes,
Embora essa maneira de sonhar apavore,
Não se trata de deixar cair os braços,
Mas de atacar frontalmente os espaços.

Passo a passo, olhos nos olhos, sempre,
Já sem o fardo das mais belas ilusões,
Já sem a leveza dos que não sabem,
Já sem a certeza dos que ignoram,
Já sem o peso das melhores estações.
O trem que prometia o futuro passou,

Nunca, porém, passará o rastro deixado,
Essa fumaça com aroma de infância,
Esses cheiros perdidos na atmosfera,
Essas trilhas desenhadas nas nuvens,
Amores, abraços, jogos de futebol.

Da descoberta do amor ao sexo casual,
Da Jovem Guarda aos anos de *rock n'roll*,
Da crença no futuro ao futuro da crença,
Da revolução que veio e nunca passa,
Ao passado de uma esperança desbotada,
Calça jeans, azul do tempo, amor livre,
Todos ao mar, a poesia, *bateau ivre*.

São tantas as travessias que contam,
Enquanto os passos se encurtam na tarde,
Mãos nos bolsos, silêncio sem solenidade,
Hora de sorver o melhor e o pior da solidão,
Olhando jovens que se agitam como pássaros.

17

Sobre a felicidade

Um dia, de olhos límpidos,
Eu vi a felicidade de retorno,
Parecia tão próxima de mim,
Que estendi a mão para ela,
Era tão clara e evidente,
Como uma folha no chão,
Dessas folhas que vagam,
Que me senti tocando-a.
Ela me pedia que voltasse,
Me perguntava se queria voltar,
Ingenuamente eu disse sim,
Um sim tão pronto e resoluto
Que ainda o sinto em minha voz.
Como quem relembra uma música,
Então a felicidade sorriu,
Guardo intacto esse sorriso,
E nunca mais me deu notícias.

18

Revelações

E assim subimos a rua,
Que nunca mandamos ladrilhar,
Braços balançando, mãos se tocando,
Palavras se perdendo nas esquinas,
Esses túneis por onde o vento se evade.

Passamos por aquela estátua,
Com seu terno cinza de metal,
Por aquele arco-íris de coração,
Por aqueles trilhos saindo do chão.

Vimos os meninos jogando futebol,
Lembramos de lembrar alguma coisa
E seguimos olhando para trás,
Esquecendo de esquecer certos planos.

Havia uma mancha rosa no céu,
Aquele céu por trás dos edifícios,
Em cujo canto o sol se perdia,
Despencando na maciez do rio.

E assim subimos a rua pela última vez,
Com a certeza de nossas dúvidas,
Com o calor dos nossos corpos,
andando juntos por essas trilhas,
Essas que nossos pés traçam
Sem que nossas mentes percebam.
Fomos diminuindo na caminhada,
Passo a passo, tão lentamente,
Até que sumimos na fotografia.

19

Caminho do sol

Olho o céu da tarde,
Olho e vejo luminosamente o futuro:
Está escrito nas nuvens barrocas,
Entre ovelhas e rinocerontes: solidão.
Sei que um combate será travado,
De um lado as forças de algodão,
Do outro, uma nesga do meu olhar.
Por fim, em algum momento, a luz:
A solidão da eternidade fulgindo.
Solidão eterna, eterna solidão,
Na reta final só o vento falará,
Com seus sussurros indecentes,
Seus segredos e sobressaltos,
Irisando águas de tanta vergonha.
Olho o céu da tarde e me descubro,
Sei que escolherei o caminho do sol,
Aquele que leva à porta e ao muro.
Ali será escrito num azul escuro:
Soube desde sempre, para sempre.

20

Autocrítica

Por que devo ser cancelado?
Porque faço poesia no celular,
Usando somente o senso anelar,
Exótica posição dos astrolábios,
Dentes vermelhos de alfarrábios,
A faca e o córtex nas ribanceiras,
Vida contida na força da ventania,
Ázima como os dias de secura.

Não conto sílabas nem versos,
Ignoro a metafísica da geometria,
Por vezes, me lembro do mar,
De navios, piratas e temporais,
De névoas de infância e mais,
Um menino e seus navios de paz.

Não tenho causa nem bandeira,
Não cinzelo rimas nem frases,
Colho imagens e água da chuva,
Enquanto o vento sopra o tempo
E a noite engole vaidades tardias.

Não presto serviços à nação,
Não sou útil para a humanidade,
Não mereço direito de cidade,
Talvez por isso viva no campo,
Onde crescem rosas selvagens
E morrem as ervas daninhas.

21
Útero

Se o navio carrega roupas de uma casa,
O barco balança como um berço de aves,
Caverna, taça, lua, refúgio e fenda,
Onde dormem homens durante a viagem.

22

Não ditos

Havia tanto a dizer
Mas como sair de si mesmo,
Como silenciar os coqueiros,
Afogar os sussurros do vento,
Apagar as pegadas na areia,
Dar ordens ao corpo cansado,
Suspender o brilho do sol,
Amordaçar o rugido das ondas,
Aquietar o farfalhar das folhas,
O pio repentino do pássaro amarelo,
Deixar a alma achar a luz da sua fala,
Conter o sumo da fruta que cala,
Ver no silêncio dos lábios e da chuva,
Escorrer sem ruído o caldo espesso,
Goiaba, manga, maracujá, pêssego,
Um riacho na pele rasgando veias,
Permanecer com o olhar de pérola,
Atento a um vago murmúrio do tempo,
Quando o vento sopra mais forte e frio,
As nuvens cobrem a luz que envergonha,
E resta a suavidade do rosto paisagem,
Vendo o escoar sereno do manguezal.

23

Terra sem mal

Quando eu era criança,
Minha avó dizia, fazendo sinal da cruz,
não abre os braços na porta, menino,
não abre que não presta, te digo.
Então eu abria os braços no pátio.
Abria e voava como um sabiá.

Meu avô era mais seco. Mandava:
Não aponta o dedo para estrela.
Não aponta que dá verruga.
Então eu apontava para a lua.
E ficava prateado como espada.

Meu pai falava com voz grave.
Diz se Deus quiser, guri danado,
Ou Deus castiga com sua bondade.
Eu dizia se Deus quiser e fugia.
Ia morar numa terra sem Deus.

Meu filho, dizia minha mãe,
Vai brincar lá na rua agora,
Eu ia e só voltava bem tarde,
Quando todos os medos dormiam.

24

Dono da lua

Aos vinte anos decidi mudar o mundo,
Pois faltava espaço para meus sonhos.
Queria conquistar a lua e sair de casa,
Não necessariamente nessa ordem.
Se as ideias porventura eram curtas,
Longos e revoltos eram meus cabelos,
Que tremulavam como minha bandeira,
Enquanto meu vizinho sargento dizia:
A tua hora vai chegar, bom cabelo!
Se acaso eu não tinha eira nem beira.
Queria ir direto ao centro de tudo,
O coração da bela Maria Carolina
E uma conta no bar da esquina.
Então eu botei o pé na estrada.
Levava na mala um casaco de linho,
Um livro de poesia e o retrato da mãe.
Além da carteira de trabalho limpinha.
Não sabia se precisava para astronauta.
Quando voltei, trinta anos depois,
O mundo já era totalmente outro,
Sem considerar minha contribuição.
Soube que Maria Carolina era avó.
Eu trazia um caderno de poesia,
E a carteira de trabalho ainda vazia.
Sempre preferi a informalidade.

25

ANOITECER DE CARNAVAL

Vai, Juremir, vai agora,
Vai cuidar da tua vida enquanto é hora,
Hora de pêssegos maduros e liturgias.
Não leva tão a sério esses óculos claros,
Que te protegem da chuva e da lua,
Por certo já cuidaste das contas,
Exceto provavelmente das de vidro,
Que carregas nos bolsos da alma.

Cuidado com esse ritmo triste,
Que as palavras tomam por conta,
Quando se libertam de tua mente.
Deixa correr a alegria que se esconde
Quando gritas gols de antigamente.

Quantas vezes te embriagaste de sono
Esperando a noite te tirar para dançar,
Até o sol aparecer como um menino
Brincando de cabra-cega com a manhã?

Alguém já te viu pulando sapata
Com teus pés brancos descalços
Na grama rala daquela praça,
Onde esperavas Ana passar!

Na tua rica biblioteca de impressos,
Entre clássicos de tantas línguas
Guardas lindas bolinhas de gude
Que não sabes como traduzir.

Vai, Juremir, vai tomar algum rumo,
Tu que quando ainda eras aluno,
Sempre marchavas de passo errado,
Seguindo as batidas do coração.

Faz as contas das tormentas,
Esquece aquele cálculo renal,
Olha a beleza azul da enseada,
A vida te chama para o carnaval.

Não será preciso te lembrares
Que também nas marchinhas,
Pulavas de passo errado,
Guri atrapalhado, coração falado.

Houve o tempo de arrombar portas,
Longos verões de muitos arroubos,
Depois veio a época das frestas,
Brisa de primavera meses a fio.

Então a vida deu o grande salto,
O tempo passou, a arte sorriu,
Surgiu aquela dor no joelho,
Um homem estranho no espelho,
A máquina comeu o imaginário.

Nem tudo, porém, esmoreceu,
Não, nada de folhas amareladas,
Nem de moedas pelo chão,
O ouro dos tolos feneceu,
Resta a palavra que se pare.

Ah, essas tardes de verão
Esses dias queimando a pele,
A gente pensa que nasceu de novo.
Vai ao bar e pede uma bem gelada.

Pena que já não bebes álcool.

26
Um poema de amor

Quando, enfim, eu me dei por mim,
As persianas cinzas baixadas ardiam,
Figuras coloridas na parede fugiam,
Imagens tristes em fila indiana,
Era a vida contida numa porcelana.

Quando, enfim, eu fechei as contas,
Era tarde para resgatar os saldos,
Os navios haviam partido por anos,
Alguns livros jaziam nas estantes,
A morte era o eterno num instante.

Então eu pensei nos meus amores,
Abraços e risos gravados nos olhos,
Confundido com os melhores odores,
Cheiro de pêssego e goiaba maduros,
Os beijos que nunca mais eu daria.

Se não havia sido triste na vida,
Não seria eu amargo na despedida,
Lamentaria os textos não lidos,
Os sentimentos jamais confessados,
Os desejos puros nunca saciados.

Não faria inventário de fracassos,
Nem cantaria aquela tarde de novo,
Te lembraria como uma fotografia,
O pôr do sol de um cartão-postal,
As mãos unidas no passeio ao farol.

E assim nos despedimos ao amanhecer,
Certos de que não voltaríamos a ver,
A carruagem dos fogos nos céus,
A ingenuidade dos corpos sem véus,
A infinidade do jogo sem fingimento.

E assim nos fomos por este mundo,
Carregando cada um o seu fundo,
Lembranças antes da memória nascer,
Pinturas feitas com as mãos nuas,
Paredes de pedra onde havia tapumes.

Certo dia numa dessas ruas tortas,
Fazendo um arco sob o crepúsculo,
Havia um homem desenhando gravuras,
De uma delas ressurgia o escuro,
O passado cru tingindo o futuro.

Então, como nunca, como agora mesmo,
Eu vi o que seria vivido, quase a esmo,

Imagens do que talvez teríamos sido,
Não fosse o movimento dos barcos.

E assim nos dissemos adeus sem alarde,
Sem motivo algum, sem qualquer queixa,
Não tínhamos nem sequer alguma deixa,
Salvo o balanço suave das ondas do mar.

Há partidas que não indicam o caminho,
Existem escolhas feitas sempre sozinho,
Porém, como conhecem pássaros e ventos,
Só a natureza sabe o que devemos fazer.

Quem não sabe do que estou falando?
Talvez uns pensem mesmo é na morte,
Outros quem sabe de um amor sem sorte,
Ou da rosa dos tempos e de um sussurro,
Tudo aquilo que a boca não diz, não quis.

Pegadas da existência em telas de argila,
Flagrantes do que chamam de cotidiano,
Orações, cânticos, preces ao desconhecido,
Murmúrios de oceano em lábios sob a névoa.

Foi assim como imagem que não se sabe pintar.
Assim como o amor que se retrai com o mar.

27
Aguaceiro

Quando acordei estava com água pela boca,
Na parede, o quadro de Picasso se partia,
Sentia que mais um pouco e perderia pé,
Para me salvar precisava nadar ou voar.

Voar era mais real por eu estar aéreo,
Nadar era urgente por me ver desasado,
No alto, o sol lustrava um maracujá.

Sabe-se que essa é uma fruta calmante,
Então eu me deixei levitar e boiei,
Já não sabia quem era nem o que fazia.

Acenei levemente para um pássaro azul
Ele estacionou a meu lado como um Uber
Comecei a cantar para ele com voz alheia
Quanto mais eu cantava, mais adormecia
Foi aí que o pássaro chamou a polícia:
“Você roubou o meu canto, peixe”, disse.

A tropa chegou cortando a água crua,
tinha pressa em me colocar na gaiola,
Pressentia que eu podia lhe escapar.

A minha vida estava justo por um fio,
Nesse instante alguém jogou a linha,
Deslizei até conseguir morder a isca:
Gemi quando o anzol me feriu a língua,
Os pássaros partiram em revoada.

A vida era líquida, assento no rio,
Minha alma liquidava raios de luz,
Quem acenderia o farol do pirilampo?
Quem cobriria a mata com a noite?

A realidade sussurrava como regato,
O felino saltou dos meus olhos,
Saltou chorando pelo que não via.

Perdeu-se na tarde quente sozinho,
Perdeu-se nos campos iluminados,
Sumiu no tempo, na estrada, no céu,
Com seus braços magros ainda remou,
Com suas mãos espantosas afastou,
Cavalos alados, deusas ferinas, luas,
Cartas, lembranças, imagens, águias,
Pomares, azares, amores, luares, ruas,
E o resto de sol que me disse adeus!

28

Sobre ruas e destinos

Sei que um dia me irei como uma flor,
Partirei como já me vou agora pela rua,
Mais transparente a cada dia que escoa.

A cada passo que dou, um se redobra,
Se já tive espessura e horizonte,
Depois me consumi em névoa e brisa.

Nesta confissão não há lástima,
Muito menos qualquer tristeza,
Essa melancolia tem sua beleza.

Certa época tive a alegria nos dedos,
Um mapa do futuro e as notas fugidias,
Que ressoam a cada acorde no fim da via.

Diante de mim a multidão se desvia,
Cada um, como eu, olha bem à frente,
Onde nuvens provocam engarrafamento.

Guardo nas entranhas lembranças felizes,
Nelas, fundem-se campos, danças, crianças,
Isso me basta para o resto da caminhada.

Partirei como quem veio, viu e viveu.

29

Viragens

Era no tempo das partidas,
As flores também se partiam,
Todo dia eu descobria o mundo,
Uma manhã, o frescor do orvalho,
Uma tarde, um sorriso de menina,
Uma noite, o outro lado da luz,
Quando o escuro se torna veludo,
E tudo se confunde como sonho,
Eu também me partia em outros,
Como cacos de vidro ao sol.

30

Manhã de carnaval

Não tenho forças nesta manhã
Para empurrar o sol ao centro do mundo,
Passei a noite acendendo estrelas,
Até que a chuva sambou no telhado.

Buscarei num parque não muito distante
A sombra onde possa me refrescar
Ao pé de uma amiga que colhe
Essa ternura que frutifica de vermelho,
Enquanto sorrio para a máquina de lavar.

Levarei no bolso do casaco o jornal,
Que sempre se carrega depois de certa idade,
Novidade que a velhice ainda recolhe,
Junto com o bom-dia do carteiro,
O latido sempre mais preguiçoso do cão,
E a beleza da rua nascendo de novo.

Cada bairro vive a sua eternidade,
No meu, medimos o tempo pelas cores
Esse mosaico exposto nas fruteiras,
Até que venha o mês das laranjeiras,
E a quarta-feira com cinzas frescas.

31
Utopia de outono

Queria ter escrito com brisa,
Vento leve que a água irisa,
Se esta rima não for uma mágoa,
O mais honesto poema da estação,
Dobradura bem antes da crispação,
Como lagos que estremecem tão sós,
Como as juras que faziam nossas avós,
Frases soltas que voariam à tarde,
Suaves como o sol que já não arde,
Apenas tosta a casca fina do grão.

Tive de escrever com meu sangue,
Tinta vermelha dessa indignação,
Versos mais tristes que a flor,
Rosa negra de luto pelo sereno,
Palavras grávidas de insolação,
Fantasias de um tempo tão ameno,
Tão ameno quanto o mundo sem cor.

Escrevi ao longo de dias pálidos,
Nos outros, quentes ou cálidos,
Andei atrás da verdade da vida,
Colhendo abraços na plantação,
Como alguém que morre na lida,
Entre trigais, nós e germinação.

E assim se passaram os anos,
E assim caíram todos os panos,
Assim ficamos esses que somos,
Velhos de quem não dispomos,
Meninos que contam bravatas,
Pássaros que não usam gravatas,
Vagalumes que faíscam baixinho.

Um dia morremos pela revolução!

32

CAMELO

Carregarei nossos esquecimentos,
Como um fardo que não descansa,
Atravessarei o deserto sozinho.
Afinal, desconheço a multidão,
Onde ando há montanhas de grãos,
Areia que se acumula na solidão.

33
Biografias

Apague a lembrança que você não colheu,
Não regou, mas não esqueceu,
A vida jogada em despenhadeiro,
Fogo e esperança verão inteiro,
Desejo que exigia queimar por inteiro.

Cada manhã era renascimento,
Beijo, café, cabelos ao vento,
Todo gesto velava sentimento,
Até se perder na lonjura do tempo,
Nessas dobras do esquecimento,
Que chamam por vezes de passado,
Se não for apenas sítio abandonado,
Boneca quebrada, caco de vidro,
Bailes, abraços, uma rua São Isidro,
Endereço vivido depois da curva,
Tarde nua antes da memória turva,
Esse lugar de desencanto medonho,
Pedaço de mim quando era sonho,
Quadros tristes na casa que foi nossa,
Flagrantes do amor com a sua fossa,
Onde livros e discos jazem na estante
E o eterno se perde num único instante,
Como ruas que diminuem na distância,
Roseiral com perfume de infância,
Pegadas na areia do encantamento,
Vendaval tragado antes da chuva.

34
Transversal do tempo

Na véspera sonhara com marfim,
Trazia pérolas nos olhos ruivos,
Era fundo como uma ravina,
Passava tardes quarando ao sol,
Vivia em parte o começo e o fim.

Aos domingos buscava o sul,
Onde havia pendurado a alma.
Nesse varal de memórias claras,
Sentia-se a cada vez na marca da cal.

Ágil como o vento mais cru e áspero,
Ser, talvez humano, em cada abraço,
Sempre no encalço da própria sombra,
Enquanto cada noite caía aos poucos,
Como uma luz tênue em diagonal.

A isso se chamava de transversal,
Transversal do tempo escandido.
Nas salas, cruzes amargas de sal.
Assim a vida escoava em dó menor,
Por dentro tudo era imensidão,
Campos escassos a perder de vista,
Paisagem enfim da terra sem mal.

35
Bolsos

Na época carregava pedra nos bolsos
Eram os meus sonhos congelados,
Minhas lembranças incandescentes,
Pés gelados como a madrugada,
Um relógio em cada tornozelo.
Trazia a alma na boca ressecada,
Um casaco verde de andarilho,
Peça herdada de um militar de passagem,
A estranha mania de marchar sobre os trilhos,
Um livro para as despesas de vadiagem,
Óculos escuros para a sombra dos dias.
Caminhava antes da grande viagem,
O sol e a lua eram meus deuses de plantão,
Dormia onde o corpo se entendia.
Sem norte, vivia na eternidade do Sul,
Essa vastidão antes do poente,
Onde comia poesia e respirava luz.
Foi assim que virei caixa de banco.

36

Do que eu me lembro

De quando parti em janeiro,
Era no tempo das grandes perguntas,
Tempo das mãos quentes de sonhos,
Das ruas com esquinas estranhas,
Dos lobos correndo os rebanhos.
Eu me lembro de nunca esquecer,
Nunca esquecer do primeiro sopro,
Do primeiro gozo, a vida lá fora,
Uma noite de quase setembro,
O corpo sozinho no espaço.

Eu me lembro do que era pouco,
Não de ter nascido em janeiro,
De ter crescido entre campo e cidade,
De não pertencer a qualquer lugar,
Estrangeiro em mim e no mundo,
Conversando com os pássaros,
Pedindo asilo aos bosques,
Orando para fantasmas arredios,
Regando o céu dos malditos,
Colhendo frutas ao pé do arco-íris.

Lembro sem razão alguma da lua,
Da lua naquele dia do avião,
A grama rangendo aos teus pés,
Daquela pressa de envelhecer,
De querer ser adulto tão cedo,
De sentir o inverno no outono,
Da luz da manhã rasgando campos,
de sol a solo, solidão à sombra,
Sul, sem ventos nem norte, só.

Tudo isso enquanto a alma ardia,
Queimava o pasto da longa ilusão,
A vida era uma estrada ladrilhada.

37

Errantes

Quarto lilás no hotel de Rimbaud,
Imagens perdidas no livro de Salambô,
Sótão com janela para o sol do panteão,
Nossas lembranças no álbum da mente,
Certeza de não ter sonhado em vão.
Depois tudo se perde em ruas latinas,
Como uma voz que dobra uma esquina,
Até se encontrar na quebrada de casa.

38

Hipermodernidade

Nunca mais irei a São Paulo,
Tenho de pegar água na cacimba,
Não morrerei em Paris,
Preciso jungir os bois,
Os bois, porém, já não existem,
Só a água da cacimba ainda vive,
Como a vida que escorre do saibro.

39

Apagamentos

Doze noites ocres de veludo,
Todas feitas de perplexidade.
O vento calou também a chuva,
Essa morte de lábios suaves,
Essa dissimulada das tardes.

40

Milonga palomense

Se a vida me faz um afago,
Prometo voltar ao pago,
Molhar as mãos na lagoa,
Soltar pandorga que *avoa*.

Ainda volto pra querência,
Trago no peito a ciência,
Das velhas lides campeiras,
Arroio cheio nas cabeceiras.

Na solidão destas cidades,
Canto milongas de Palomas,
Conto já as mesmas bromas,
Cultivo lavouras de saudades.

Sonho com potro caborteiro,
Me vejo como bagual faceiro,
Curo minhas mágoas com trago,
Goles serenos de um amargo.

Nas madrugadas corro carreiras
Nos olhos de prendas brejeiras,
Passa de pêssego, acha de lenha,
Sempre pronto para o que venha.

Experimento o vento no rosto,
Quero estar no meu posto
Quando soar o derradeiro clarim
Na manhã com cheiro de alecrim.

Festejo cada fim de agosto,
Esgualepado em lombo de ano,
Não conheço maior desgosto
Que o silêncio do minuano.

Nas sombras da memória,
Há sempre uma história,
Cemitério da cruz,
Coice de avestruz,
Um repentino facho de luz.

O tempo é tudo que trago,
Me contempla como um guacho,
Tento sofrear seu estrago
Raspar marmelada no tacho.

Sei da vida os intervalos,
No escuro a vista se faz pura,
Se a infância nunca dura,
Resta o tropel dos cavalos.

41
Traduzir-se

Houve um tempo na minha vida
Em que eu buscava estar além,
Mesmo sem me sentir perdido,
Havia um leão triste na janela
Que não me deixava desaparecer.

Eu cantava as minhas cores
Me alimentava dessas flores
Que fazem morrer as abelhas
E lia livros à luz da lua.

Fui muito longe para olhar
Queria me ver de mais perto
Um pássaro na solidão da lonjura,
Estrela brilhando na praia escura.

Quando, enfim, voltei para casa
O leão não estava mais na praça
A janela era um esboço na tela
A rua somente uma luz de vela.

Por que sempre penso nessas noites
Como se fossem dentes, traços, foices,
Molduras que perderam suas pinturas?

Então recomeço a esculpir palavras.

42

Peregrinação

Onde você estava quando acordei na montanha,
Pedra sobre a qual se equilibravam esperanças,
Que fazia quando estrelas acenderam lembranças?

Era um mundo de luas estranhas, crateras vazias,
Como vazios eram os meus blocos de notas,
Mais vazios eram meus bolsos e meu coração.

No entanto, na calada dos dias, pedias amor.
Quem não pedia, quem não queria partir?

Onde eu estava quando sumiste na tarde,
Talvez no começo do fim, a curva da estrada,
Quem sabe na grande bifurcação, a saudade,
Por que não, penso agora, no outro lado do rio?

Do outro lado do rio, entre árvores e livros,
Águas que dividem o tempo em metades fluidas,
Movimento contido por margens opressoras,
Como braços que cindem um corpo esquivo.

Onde estávamos antes do começo do mundo,
Em que lugares, planetas, em que fundo?

Onde estou agora enquanto sonho e vivo?

Do lado de cá de um universo transitório.
Assim caminhamos para o definitivo.

43

Passo a passo

Quero voltar para casa
Como quem retorna ao porto
Depois de uma tarde no mar,
Pássaro que abre a asa
Para se aquecer ao sol,
Corpo crestado de sal.
Quero voltar para a infância,
Anjo na pasmaceira da estância,
Brasa que antecede o farol.
Quero rever meus lugares,
Andar sozinho nas nuvens
Campos, vales, pomares,
Menino no silêncio do milharal.
Quero ver pandorga no céu,
Cerração levantando seu véu,
Bichos esculpidos nas plantas,
Rastros da lide na ferrugem dos anos,
Alegrias nos bolsos dos desenganos,
Lembranças na fumaça do trem,
Balanços da vida num vaivém.
Quero sentir a marca no rosto,
Deste vento que ninguém tem,
Então serei novamente criança,
Jovem, desafiante, esperança,
Velho escutando sussurros,
Fera ronronando os seus urros,

De antigos amores e passos de dança,
Regato correndo na saudade da mata,
Guri cavalgando sonho que não morre
Apenas se esvai, chuva que escorre,
Como beijos que já não serão dados.
Ao fim apenas esta frase límpida:
Havia um mundo no canto de cada rua.

44

Amarelinha

O ano estava pulando sapata,
Todo dia saltava uma casa,
Não tinha pressa, nem calma,
Jogava a pedrinha e vibrava.
Até que comemorou: ganhei.
Era tarde, não existia mais.

45

A MORTE DA POESIA

Um homem de terno e gravata,
Exibindo o brilho do sapato,
Me disse com sua voz grave:
“A poesia morreu. Em frente”.

Nunca soube do que ele falava,
Se do local da morte da poesia,
Se de coragem para suportar,
Ou somente da “vida que segue”.

Soube que poesia soa antigo,
Que poesia moderna não rima,
Que poeta não brinca com prima,
Que a poesia atual é discreta.

Mais do que isso, é secreta,
Quase um bom-dia no ônibus,
Sem jamais levantar a voz,
Sem qualquer cena atroz.

Justo um sussurro à passante,
Por vezes alguém de turbante,
Uma imagem à contracorrente.

Sobretudo me disse um doutor,
A poesia contemporânea é arte,
Só cabe se fizer a sua parte,
Ou seja, se fizer a gente rir.

Com o atestado de óbito na mão,
Foi buscar consolo na prosa.
Era uma prosa poética de cão.

Nesse dia de luto, morri.
Em seguida, ressuscitei.
Ando por aí, poeta vago.
Onde ponho uma vírgula?

46

Bendição

Bebi tantas vezes no cálice feminino,
À sombra trêmula e fria dos girassóis,
Esse ouro vegetal da nova alquimia,
Enquanto o céu ardia na descida do sol,
E a fúria do vento castigava os campos.

47

Linguagem

Tudo que disser não fará sentido,
Se não entender o voo da garça,
A violência da água na cascata,
O vento escorrendo nas areias,
A explosão do fruto nas veias.

O sentido nunca está na razão,
Menos ainda em ganhar o pão,
Quem sabe se esconda nas cores,
Essa visão da noite ao amanhecer.

Quem já não se viu perplexo,
Tentando capturar reflexos,
Olhos luminosamente fechados,
Enquanto aves saudavam o sol?

Viver talvez seja renascer.
Renascer a cada novo dia
Para adorar a luz da manhã
Nada, nada mais do que isso,
Nada, nada menos também.

48

Um poema desesperado

Farei de cada dia um pôr do sol,
Se me faço entender com tão pouco,
É do pouco que vive o pintor,
Cada pigmento é o seu universo,
Oásis na imensidão solene do deserto.

Farei de cada manhã um trem sem estação,
Se essa imagem traduz o que sinto,
Se diz o que pinto por não ter azul,
Sabendo que o Sul vem depois da ponte.

Farei de cada parada começo do fim,
Como são esses anos exilados,
Escritos com sangue e saudades,
Essa tinta esmaecida pelo tempo,
Da cor do absinto que já não trago.

O pior exílio não é o dos desterros,
Salvo a solidão, é um modo de ser,
Como viver no incerto ou na multidão,
Ou estar no mundo sem prontidão.

O pior dos desterros é não ter guia,
Talvez, para alguns, sejam os erros,
Coleção de escolhas ou bifurcações,
Pérolas ou coloridas bolinhas de gude.

Pode-se viver de ostracismo em casa,
Fazendo viagens a países estranhos,
A sala, a cozinha, o pátio arenoso,
Onde se conversa com o silêncio do cão.

Farei de cada hora resumo do tempo,
Vendo os meses passarem como amores,
Esses rios, divisas, separações.

Nenhum amor que termina deixa ileso,
A vida cobra bem caro cada beijo,
Esses quadros pintados ao acaso,
Naturezas-mortas por onde vazo,
Cores roubadas ao leitor solitário,
Fileiras de nuvens antes da lua.

Secas as lágrimas, restam os risos.
A vida é só um trem de passageiros.

49

Andorinhas

Amaldiçoado pela lua,
Inventei a palidez natural das manhãs.
Já não queria repetir gestos antigos,
Ainda não sabia dos poderes ancestrais.
Se andar pelo mundo era uma travessia,
Me faltava a crueza febril dos errantes.
Minha voz soava alta e grave demais,
Como as pegadas de um lobo na areia.
Como podia ser desta humanidade
Se meu canto repelia os ouvidos?
Andei coletando cores estranhas:
A do mar depois de um bramido,
A dos sonhos nunca dormidos,
A dos olhos enfim desvendados.
Meus dedos tocavam pianos,
Teclas invisíveis sobre oceanos,
Enquanto o sol enrubescia de sono.
Por que dizer tudo o que sentia?
Só para falar com as andorinhas.
Ave, amigas!

50

Na estrada

Deixa cair o pó de tuas costas,
Nessa estrada coberta de nuvens,
Por onde voa o pássaro da tarde.

Já sabes que do outro lado do rio,
Nessa margem esquerda da vida,
Cresce a árvore da esperança,
Enquanto deuses jogam paciência.

Não te deixes abater pelas armas,
Tampouco por velhas certezas,
Caminha como se o sol te atraísse
Para o centro do universo em chamas.
Teu lugar é a sombra dos tamarindeiros.

Revela o teu pensamento sem medo,
Confessa a tua loucura soberba,
Correndo por entre estreitas veredas.
Te espera na última esquina a beleza.

Arrasta contigo a força das palavras,
Suave devastação ao canto do ouvido,
Território de vozes, enxames, vendavais.

Que importa se nada faz sentido,
Por acaso alguém te explicou a dor,

Não a dor que se pode deveras sentir
Mas a dor de saber que a terra morrerá.

Avança, soldado da existência,
Interpela os mestres do escuro,
Reclama tua parte nessa aventura,
Chama a natureza de tua casa.

Ouve crescer a pétala sem razão,
Visto que és do tempo dos jardins,
Como tu uma flor já perdida,
Salvo por estes segundos intemporais.

Teu rastro ficará na eternidade
Como um silêncio que se quebrou.

Quem não ouviu na manhã tardia,
Antes do estio e depois da raiva,
A voz firme e próxima que dizia:
– Vai, a vida é tua. Não há outra.

51

Ainda estávamos lá...

Quando choveu,
Quando amanheceu,
Quando a grama cresceu,
Quando a gota d'água se abriu
E se ouviu a música dos tempos.

Vimos o rato silvestre na pradaria,
O pato selvagem na água irisada,
O velho sábio triste na pescaria,
O bêbado dando risada para a lua,
A vida nada fácil no meio da rua.

Pássaros, lobos, meninos e flores,
O arco-íris com sua *trip* de cores,
A borboleta, a rã e o escaravelho,
Habitantes da nossa casa comum.

Andarilhos a oeste do imaginário,
Quando o mundo era de todos,
Dos vertebrados e dos coloridos,
Dos que zunem e dos que rugem,
Dos peixes que quebraram o aquário,
Das aves que desistiram do paraíso.

E como quem acorda intempestivamente
Vimos o sol que lambia o gato lânguido,
Deus que se espreguiçava na rede,
Falível, sonhador, suado, incomum,
Antes de chover até saciar sua sede.

52

Ritmos

Estive em Paris esta semana.
Fazia um calor como nunca antes,
Ou eu é que não era aquele que fui?

Então me lembrei de mim mesmo,
Tão perfeitamente como nunca,
E de todas essas frias lembranças,
A única realidade, leve e esvoaçante,
Eram as moças de bicicleta.

Estive em Paris esta semana,
Encontrei tudo em seu lugar,
Salvo as flores nas fachadas dos bares,
E minhas pernas tão agitadas,
em sintonia com o coração.

Então caminhei até me desaprender.

53

Rastros

Rio luminoso e lento,
Espelho de nuvens e sonhos ocres,
Lâmina sem fio na placidez da tarde,
Corrente que arrasta o latifúndio,
Massa inerte de um verde opaco,
Como essas luzes pontilhadas de frio.
Nesses dias só crescia a decepção
Era tempo de mãos decepadas.
Faz da tua alma uma retomada,
Assim falava a voz da solidão.

54
Ruminações

Agora estamos lentos e cansados,
Mas não extintos como um vulcão,
Lava petrificada nas encostas,
Memórias do fogo em cores cítricas,
Deuses da suave noite revolvida,
Mãos adormecidas sobre os joelhos,
Rostos estranhos em nossos espelhos.
A luz já não tem a mesma velocidade,
A estrela espiã chega atrasada,
A noite não virá como uma promessa,
Não há pressa em decretar paciência.
Podemos não fazer mais o que seria,
Aquilo que o corpo profetizava,
Não fosse o tempo uma sombra,
Meta para sempre inatingível.
Por que tantos homens agachados
Enquanto o vento sibila nas esquinas
Feito notícias velhas resumidas?
Por que essas mulheres choram
Há, porém, algumas que dançam,
Em meio aos cantos de rotina?
Por que essas crianças nos fascinam?
E essa chuva triste de outono,
Depois das horas abafadas,
E essas ruas fundas alagadas,
E essa árvore como um corpo tombada!

Por sorte o sinal não está fechado,
Ainda é tempo de surgir do outro lado,
Como um cometa silencioso e gasto
Que se evadiu do universo num pinote.

55
Estações

Se eu tivesse tempo,
Esse tenso espírito de cada época,
Veloz na era das máquinas frias,
Lento nas estações mais quentes,
Seria quem sabe meteorologista,
Ou um pacato largador de trens
Nos confins do meu encantamento.

56

ONTEM A SAUDADE DESCEU...

Como um manto, um véu,
Uma nesga clara de céu,
Meu coração era o réu.

Ontem a saudade cresceu,
Como um ácido pranto, meu,
Nosso, suave e áspero, teu.

Até aqui parece pomposo,
Seria talvez mais honroso,
Dar um cavalinho de pau,
Ir plantar lírios no parque,
Fazer algo que ainda marque
O tempo das rosas e dálias,
O rastro de tuas sandálias,
A eternidade do efêmero,
A vida em nossas mãos.

A saudade, porém, era tanta,
Quase um mergulho no rio,
Peixes azuis no telhado,
Tardes nuas no parto,
Esse quarto do grande amor,
Peça por peça até o chão.

Os dias sem calendário,
Perdição intensa e sumário,
Visões do paraíso e do tédio,
O futuro em nossos pés,
Não havia outro remédio.

A saudade era o quadro torto
Um sussurro grave no ar,
A caricatura de um porto,
Asas abertas de par em par.

Um peso compacto e leve,
Um suspiro denso e breve,
A imagem de uma ruela,
O latido do cão amarelo.

Teu sorriso mais belo,
De quando andavas na praia,
Ondulando como a saia,
Vapor barato na cabeça,
A mente, mata espessa,
Expelindo desejos e tramas.

Sapatos vermelhos na cama,
Acordes do primeiro violão,
O apito do trem na passagem,
O cheiro da tarde e da aragem,
O banho de chuva no verão.

A luz glauca da claraboia,
O rastro pesado da jiboia,
A alegria na hora da boia,
Que assim a gente falava,
Enquanto a vida passava.

Que assim a gente pensava,
Quando o viver era mar,
E o mar era miragem e luz,
E a luz era reflexo da lua.

Azul-cobalto no olhar,
Paredes ocres no deserto,
Miragens de Ouarzazate,
O todo, o fim e a parte.

A saudade era o que sinto,
Lonjuras, armas, absinto,
Tudo isso que enche noites,

Mistérios, deuses, açoites,
A imagem e o imaginário.

Tudo, tudo, em composição,
Lenta metamorfose do ser,
Até a outra margem amanhecer.

Era nada, era tudo, era quase,
Mas parecia apenas uma fase,
O tempo de dizer sim ao corpo,
E do corpo nunca dizer não,
Até se acabar na sexta-feira.

Então eu vi como em fotografia,
Aquilo que a memória atrofia:
A parede amarela da estação,
O rugido do vento no temporal,
As pegadas de pássaros no chão,
O grão quase maduro do cereal,
A sombra triste do matagal,
O gosto de pêssego na boca,
O cheiro da goiaba madura,
A doença, a ciência e a cura,
O desejo na hora do sexo,
O coração no segundo do gol,

Os lábios pouco antes do beijo,
Marmelada com riso e queijo,
Os meus olhos nos teus olhos,
O romance ainda não lido,
O amor apenas sendo vivido,
A paixão devorando estradas.

O tempo escorrendo na sarjeta,
Minhas rugas como ampulheta,
O plantão que dizia a bola parou,
O homem que ouvia a vida passou.

E a curva metafísica do rio.
Era eu que bifurcava na vida.
Era eu que marejava ao sol,
Até a noite nos envolver.

57

Vivi em Paris como quem morre

Entre livros, quadros e passantes,
Vivi em Paris como quem corre,
Entre mulheres com seus turbantes,
Estranhos com as suas amantes,
E o céu cinza me beijando a nuca.

Sempre soube que viveria ausente,
Como se estivesse noutra parte,
Do outro lado da rua, em frente,
Olhando sombras dalguma arte.

Morri quando cheguei sozinho,
Era um domingo de solzinho
A luz pontilhava os telhados,
Impressão, sol tão distante.

Não sofri, nunca amaldiçoei,
Havia a chuva como parceira,
Nesses dias onde andava não sei.
Sei que era em Paris, quinta-feira.

58

E ENTÃO NÃO HAVIA

Mais o que contar, o que lembrar,
Apenas o cavalo branco galopava,
Era a noite que lambia o chão.
E então não havia o que dizer,
Salvo a cor alaranjada do céu,
Tudo se resumia a algo sem cor,
Uma imensa pasta colada na tela.
E então não havia mais o que sonhar,
Mas o sonho tem a malícia do vento,
Entranha-se onde nunca poderia entrar.

59

Paradas

Havia uma esperança em cada sorriso gratuito,
Mal sabíamos que o caminho era longo e veloz,
Ouvia a canção que ainda o faria voltar:
"Gente da minha rua como eu andei distante",
O resto era rio, mar, cidades à margem dos dias.

60

Percurso

O corpo pode ir aos confins do espírito,
Onde a flor se encontra com o martírio,
É ali que se sonha com a paz dos campos,
Rosa vermelha de sangue e desejos antigos.

61

A taça e a espada em cruz,
Estrelas cintilantes de passado...

62

Não me dei conta,
Estava na ponta,
Então eu venci.

63

Uma música vazava da velha *jukebox*,
Por entre dois raios de sol extraviados,
Óculos escuros colados com *durepox*,
Uma cantora negra repetia em verbos brancos,
Gente da minha vida há um trem na estação...

64

De meus tantos o mais constante eu,
O que sempre mais me surpreendeu,
Foi aquele de casaco vermelho
E sapatos azuis de imperador.

65

A parte de mim que morre,
Vive na parte que corre,
Acendendo velas aos dias,
Respirando com o vento.

66

Outra sintaxe, outra,
Essa outra, essa mesma,
Essa que fala em mim,
A voz do silêncio.

67

Vesti a roupa dos anos roubados ao tempo,
Um dia, na solidão macia da tarde longa,
Encontrei o laranjal da minha infância.

68

E então não havia mais o que sonhar,
Mas o sonho tem a malícia do vento,
Entranha-se onde não deveria penetrar.

69

Por aí

Na época carregava pedras nos bolsos
Eram os meus sonhos congelados,
minhas lembranças incandescentes,
Meus punhais cravejados de cristais,
Sangue perolado na veia pulsando,
Pés gelados como a madrugada,
Um relógio em cada tornozelo,
O tempo pisoteado em sulcos.
Trazia a alma na boca ressecada,
Um casaco verde de andarilho,
Peça herdada de um militar de passagem,
Estranha mania de marchar sobre trilhos,
Um livro na parte interna da campeira,
Para as despesas de lua e vadiagem,
Óculos escuros para a sombra dos dias,
À sombra de figueiras e monumentos.
Caminhava antes da grande viagem,
O sol e a lua eram meus deuses de plantão,
Dormia onde o corpo se entendia,
Leve como a onda que se quebrou.
Sem norte, vivia na eternidade do Sul,
Essa vastidão antes do poente,
Onde comia poesia e respirava luz.
Foi assim que virei raio de sol.

70

Que seja assim

Por ter sido como sempre foi,
Alegria partida de antemão,
Gota de sangue no paraíso,
Como um sorriso no espelho,
Mel escorrendo da cristaleira,
Começo de chuva em agosto,
O sonho que se incandesceu,
Luzes na madrugada desperta,
Oração sem palavras de amor,
Espírito que se encontra com Deus.
Há uma noite intemporal que vela,
Chama sobre todos os destinos,
Como um céu que benze a chuva,
Antes de tudo se tornar nuvem.

71
Minha língua

Outra sintaxe, outra,
Essa outra, essa mesma,
Essa que fala em mim,
A voz do silêncio,
Esse silêncio que grita,
Esse grito que silencia,
Vasto silêncio universal,
Aquele que o homem simples,
Simples homem na terra suada,
O homem chamava de *solêncio*.
O sol no centro do mundo,
O mundo no centro do fim,
Rodava o mundo, rodava o ser,
Ainda não havia o descer.
Só existia a palavra muda,
Planta que crescia calada.

Este livro foi confeccionado especialmente
para a Editora Meridional Ltda.,
em Baskerville, 10,5/14 e
impresso na Gráfica Noschang.